KB220935

이 윤 시집

우수와 오수 사이

시선 202

우수와 오수 사이

인쇄 · 2025년 3월 11일 | 발행 · 2025년 3월 18일

지은이 · 이윤
펴낸이 · 한봉숙
펴낸곳 · 푸른사상사

주간 · 맹문재 | 편집 · 지순이, 김수란, 노현정 | 마케팅 · 한정규
등록 · 1999년 7월 8일 제2-2876호
주소 · 경기도 파주시 회동길 337-16(서패동 470-6) 푸른사상사
대표전화 · 031) 955-9111(2) | 팩시밀리 · 031) 955-9114
이메일 · prun21c@hanmail.net
홈페이지 · http://www.prun21c.com

ⓒ 이윤, 2025

ISBN 979-11-308-2228-0   03810
값 12,000원

푸른사상
시선

202

우수와 오수 사이

이 윤 시집

푸른사상
PRUNSASANG

먼 나라에서 처음 마주친

구르미(긴 흰 구름)와

포후투카와 나무 붉은 꽃처럼

모든 다가옴이

그렇게

경이로웠으면,

떨렸으면,

또

그리웠으면

2025년 2월
이윤

| 차례 |

■ 시인의 말

제1부

| 차례 |

제4부

제1부

왕후의 서신(書信)

여기 분산성에서 아유타국으로 축지법을 써서 공간을 접을까요? 노을이 번질 때면 박꽃 같은 한숨에도 붉은 물이 듭니다. 노을 물든 내 이마를 만지며 분산성에서 바람의 무릎을 보았지요. 낮은 곳으로 몸을 낮추다가 아예 무릎을 잃어버리고 문양으로만 흘러가는 바람의 흔적을 놓아버렸지요

저물녘이면 분성산 오르는 길에 그림자가 많아집니다. 돌틈마다 계단마다 그림자가 더 많아지는 것은 내 안의 그리움이 더욱 무성해졌기 때문입니다. 왕후가 된들 무슨 소용이냐며 발꿈치를 자꾸 올리면, 서쪽 하늘 먹구름 같은 설움이 그늘을 더 늘입니다. 부모님 제발 저를 데려가 주세요. 하늘의 지엄하신 명령이라고요. 이곳의 아름다운 별과 내 사랑이 왕관으로 더 눈부셔도 나는 황야, 황야 같아서요

해가 지면 핏빛 그리움이 산허리에 여울지는데, 내 몸의 노여움을 껴안았지만 만남은 꿈에서도 잡히지 않습니다. 이렇게 살아가다가 나는 가야국의 왕후로 묻혀버리고, 후세에 허황옥이란 이름 석 자로 해저(海低)에 남겠습니다

오토바이와 어둠 사이

몸의 우수가 손을 얹었다

너무 가벼워 너는 땅에 가깝고 싶다
붉은 뿌리가 뽑혔다 닿는 자리
점점 더 한쪽으로 최대한 적게 몸을 말고
아득한 너와 나는 멀고
쉿 쉿 직선으로 곡선으로
곡예 타듯 바퀴의 입을 탄다

시간의 세심한 아스팔트를
다 건너온 듯한 너는
진짜 외로운 사람
정면을 보여주지 않는 옆얼굴이
나아갈수록 겹을 이룰 때
전속력으로 곱다, 라고 밑줄을
그어주고 싶던 날도 있다

저쪽의 기다림이 오고 있다

물을 가득 껴안았을 때

자꾸 빠져나가는 물의 입자 같은 안타까움

눈 감자고 맘 다지고 입 닫자고 스스로 눌러봤지만

스위치는 가만 놔두지 않았다

어쨌든 펼쳐놓고 하나하나 두루마리 하자고

못 해내면 죽자고 어둠 속에서 그래

범한 이미 범한 것들에게 다가서자고

은근과 끈기로 이어온 나날들

믿고 체념 걸고 또 맹세하는 별난 아침

분홍 집 한 채

달은 밝지만 열은 나지 않는다고
양철 문에 쓰여 있었다

철쭉꽃 사이 영산홍 송어리들이
빨강 빨강 울지도 모른다

슬플 때 오는 것이 봄이라고 새로 태어난 봄은, 하고
그가 말했을지도 모른다

바라보면 꽃길이 가까이서 보면 안개일 때
춥기도 했다, 때로는 따뜻했다
봄꽃들의 아름다움보다 아름다운 꽃이 있을 뿐

저 멀리 일몰이 내리는 곳에서
분홍 같은 그가 속삭였다

잡아보렴, 나는 행복이야

걸을수록 차오르는 강물에, 분홍 집 한 채
그와 살림 차리고 싶어지는 놓쳐버린 것들
곱구나, 부유하는 것들은
모두 곱구나!

오고 있는 시간이 아직은 희망적
멈추지 말 것 견딜 것
강가 설탕 단풍나무 고엽 같은 날은
이제 오지 말 것

기다림은 슬픔의 끝이 아닌
행복의 사다리가 되어야 한다

온몸이 꽃들로 풀꽃으로 뒤덮인 시간
봄은 두 번째 생, 큰 나무 작은 나무 사이
무엇이든 표백할 수 있다면

수로왕릉역에 간다

자줏빛 햇살이 뭉쳐진 곳으로
김씨(金氏)가 내린다
신체의 비밀은 알 속에 가득 차 있고
있다고 치면 들을 수 있다

경전철역, 번호 17번
경상남도 김해시 김해대로 2181
안전문을 벗어나면
동쪽 아래로 해반천이
하천 따라 경전철이 지나간다
햇빛에 부서지는 찬란한 순간이 바로 여기였나
역사(驛舍) 동쪽에 바로 내 무덤이 있었네!

김씨가 자주 걷는 해반천에서
자줏빛 댕기 하나를 끌어 올렸다는데
내가 바라보는 것들에 둘러싸여
속살이 굳은살이 될 때까지 김씨는 걷고 있다
뒤뚱, 갸우뚱 한참 동안 뒤뚱 갸우뚱

왼쪽으로 기울다가 좌로 꺾이고 우로 쓰러지고
세상의 모든 왕과 왕비는
최고로 피고 졌다는데

땅을 걷는 길은 하늘을 거쳐야 하고
하늘로 가는 길은 땅을 거쳐야 한다
2000년을 지나 밀서를 전하는
김씨, 오늘도 수로왕릉역에 간다

장미꽃 노동

희덕스그레한 장미꽃이
향기는 가장 좋았어

언니가 하는 말에 손바닥 치며
어찌 둘이 똑같노!

장미원에서 수군거렸던
그날의 의문,
색깔과 향기 사이
두 눈 뚫어지게 생각을 지워
지웠거든

강바람과 햇빛으로 핀
너와 나의 직시로 핀
중대한 직면이야

4월과 5월 사이
장미꽃은 수많은 발걸음을 두드린 노동*

색과 향기가 충돌하는
지독한 독백
지금은 붉은, 붉은 입술을 포개는 시간
쌍심지 두 줄이 난항이다

우리는 오늘 산청 가는데
자매끼리 왕왕
서로 수평을 잡는데
무심코 놓고 온 오월 어느 날

장미꽃에도 강물 소리가 난다

* 이은규의 시 「꽃소식입니까」에서.

홀아비 꽃

그녀가 사라지고
그 남자가 죽더니

봉황대 홀아비 꽃은 다시 피지 않았다

초록빛 얼굴로 다가온 그대가

그 시절은
아이들 손 잡고 울던 깜깜한 빛이었다

흐늘거리던 흰 꽃과

물것들

맨발들이

꽃으로 들어갔다

영원은 바래지 않는 것

여기 동산의 비밀은 쉿 쉿

그들은 모두 어디로 간 것일까

머물던 그 자리에

봄이면

홀아비 꽃이 내 독백을 피웠는데,

이제는

조용히 길게 뻗은 팽나무만이

모든 걸 쓸어 담고

새날을 피우고 있네

다시, 구지봉에 서면

그래도 안 보이면 무등을 태워줄게요

까치발로도 닿지 않는

옛 가야를 보려면 구지봉 구릉을 따라와요

때죽나무, 산딸나무, 병꽃나무, 디기탈리스, 한련화, 불두화, 모란, 홍자란이 프로펠러같이 생긴 아이들을 나무 그늘 속으로 숨기고 있어요 나는 위쪽 풍경을 바라봅니다 하늘조차 예뻐서 구지봉 꽃들에 경배합니다 줌 어플을 깔아주세요 검색하기 버튼 클릭 후 오늘 생애주기별 안전교육을 받습니다 흰 꽃이 붉은 꽃으로 비치다 부서집니다 나는 땅에 가까워지고 싶고 행복 쪽으로 걸어가려는데 저녁은 자꾸 어디로 가는 걸까요 누구나 쓸 수 있다는 시(詩)가 구지봉에 서면 글자가 흐트러집니다 시의 이중구조는 실제 모습을 보여주라는데, 역사의 현장에 서면 시는 자꾸 이울고 말아요 대낮의 환한 풍경은 지치도록 반짝이면서 걸어온 흔적들이 시간 밖에 앉았습니다

기억의 저─편, 끊어진 길 끝으로 걸어가니

국립박물관 하늘로 피를 토하는 풀무치 소리

풀막 한 채에 의지해 지느러미만 파닥파닥

그 속에 섞이지 못한 노을 같은 내가

서 있네요

은빛 강물

아버지 곁에는 늘
은빛 강물이 흘렀다

어찌 밟을까? 신발 벗으면
발바닥에 흠뻑 젖는 강 비늘이 반짝반짝
징검돌 건너듯 발이 먼저 긴장했다
당신의 몸은 이제 당신이 아닌가 봐

생명의 물이 자꾸 말라 한 겹 한 겹 잎이 떨어져
방바닥에 자꾸 널브러집니다

부모와 자식은 분신이라지만,
이런 은빛 강물에 발 담그기는 싫어
어쩌란 말인가, 우리는 이 정도로 협소한데
인생이란 이렇게 바짝 말라야만 끝이 나는가요
언젠가 따라갈 길이지만 아직은 아니야

햇살 깊숙이 드는 오후에

아버지는 더 길게 은빛 강물을 흘려보내셨다.
당신이 움직일수록 우수수 낙엽이 졌다

어쩌란 말이냐 이 가을에
많은 날을 견뎌야 했다 우리는
은빛 반짝거림이 무서워 몸 담그지 못했다

여기 앞 강물 뒷 강물에 얼굴 비치면
꽃대를 보는 눈시울이 붉어져
쓸쓸한 고백들이 쏟아져 나올 것 같다
가신 후에야 물결 편지를 썼다

겹벚꽃 이별

괜찮다고 한 날에 마주친 사물들 꽃들 사람들, 내가 만든 단어와 문장이 까슬까슬하다고 느꼈을 때, 감사해요 고맙다고 자연스럽게 쓴 글이 마음으로 전해 올 때, 늘 맘속에서 맴도는 그림자가 낙조 속에 긴 그림자로 나타날 때, 분홍 강속에 묻었습니다 당신을

강둑에서 봄을 맞이했다 한동안, 눈 열고 귀를 뜨고 바람이 불 때는 몰랐다. 몇 번의 봄이 솟았다 가라앉았을 때 우리는 헤어졌다. 묶일 수 없다면서 물결무늬같이

안녕! 하며 강을 건너가신 그때는 한 시간 혹은 두 시간 생애였다

날마다 태어나고 사라진 희망 절망이 저 혼자 바닥을 뒹굴었지만, 애써 들춰내지 말 것이다 장롱 깊숙한 자리에 놓여 있던 당신의 사주단자와 횟대보는 내 손길 안에서는 속수무책, 기억 추억 뭉치들 출렁……. 눈물 콧물이 탄식합니다. 바깥엔 겹벚꽃이 벙글벙글 그때는 덩달아 웃고 말았지요

모메꽃이 뱅뱅

  배고팠나 봐. 뜨거운 햇볕이라도 받아먹겠다고 입을 벌렸
다. 사는 일은 그런 거라고 말들이 줄기를 뻗어와 내게 닿았
다. 나의 그늘 속에도 어떤 기억은 꽃을 접지 못해 자꾸 붉
어졌다

  각도를 달리하면 다른 무엇이 있다. 보이는 대로 보는 대
신에 보고 싶은 대로 볼 수가 있다. 보았던 것을 다시 안 볼
수도 있고 안 보았던 것을 볼 수도 있다
  어느 풍경화가 진실에 가까운지 말하기 어렵다. 이쪽 수
정체가 알코올에 젖어 있다면 저쪽 수정체는 습관에 물들어
있으니까, 하나의 풍경에 두 개의 풍경화를 담는다. 모든 풍
경은 새로워 보인다. 속눈썹 위로 걸터앉은 빗방울 하나가
아득하다

  지금은 풍경 위로 나비가 나는 시간, 그늘은 꽃의 시간을
잠시 묶어두기도 한다

  이미 피었다고 생각했던 모메꽃이 뱅뱅 그늘 속에서 한창
이다

개미 목욕

하늘색 꼬리를 가진 새

개미 근체 안으로 들어간다

일개미로 바글바글한 불개미 집,
오늘은 단체 손님이 왔다

물까치 가족이 포름산을 맞으러 왔다

홍개미들이 쏘는 화살
쏘고 또 쏘는데
새들 깃털에서 기생충들의 시신이
떨어져 내린다

떨어져 나갈수록 내 몸에 기름은 더 돌고
가지런히 깃털은 반짝이고

물비누를 몸에 바르듯 물까치는
자꾸만 샤워하는데요

오늘은 가장 큰 목욕탕을 만난
행운의 날
물까치
물까치 가족

새의 동공을 더 넓혀주는
개미들의 희생

자기 기름 부름이다

살다 보면
내 몸의 날개와 꼬리를
땅에 닿도록 길게 펴고
사람이나 새들이나 시고 시큼한
포름산이 필요하데요
가려우면 긁어라

쏘아라 화살

포후투카와

나는 붉은 피로 피어나
하카 하카* 혓바닥 내밀며
랑기토토섬 하나를 집어 삼켰습니다
여름이 크리스마스인 나라
십자가 트리가 되어 온 섬을 물들였습니다

나무의 붉은 꽃은 너무 아름다웠지요
길가의 키 작은 꽃
정원의 울타리 꽃
성게 가시처럼 둥글게 삐죽삐죽
섬나라 먼 이국땅의 상징 꽃

나는 슬픔을 가지러 태어났지만
마오리족 원주민 꽃으로 살아났습니다

하카 하카 혓바닥 내밀며

포후투카와 나무 그늘에서

내 커다란 행복은 절망이 없다는 것
꽃잎들은 거센 파도를 이겨냈다는 것

습한 어둠과 살아 있는 것을 향해
여기는 얼마나 비옥한지

파란 하늘과 긴 구름 속을 흔드는
나는 여름날의 붉은 꽃

* 하카(haka) : 뉴질랜드 마오리족의 전통춤이자 의식.

블랙 B.L.A.C.K

— 영화 〈블랙〉 오마주

넌 내 손가락의 목소리였어
다시 빛이 어둠으로
소리가 침묵으로 사라졌습니다

생명의 시작과 끝은 모두 어둠이구나

자궁에서 생겨나든
땅에서 생겨나든
모든 출발은 어둠입니다

갑갑함만이 아니라고 엎치락뒤치락했지!
성취의 색
지식의 색
졸업 가운의 색이라 했지

이제 아이스크림 먹으러 가요

오늘 사람들은 성공을 축하하지만

우리는 실패를 축하하며 손을 잡습니다

어둠이 필사적으로 너를 집어삼키려 해도
항상 빛을 향해 가야 한다는 것,
희망으로 가득 찬 네 걸음걸이
날 살아 있게 할 거야
티 티 티 티처,
워 워 워 워터,

어디로 나가나요
어디로 가야 해요
그림자가 거꾸로 걸어가는 모습이
문 틈새로 퍼져 나갑니다

필요 없어요
내 세상은 오직 블랙뿐이야
블랙 블랙 블랙,
단어로 흰 날개를 만들어줄 거야

당신은 어둠 속에서 얼마나 살 수 있나요
빛 빛 빛 빛이여
아무것도 보이지 않습니다

보이는 것이 네가 꿈꾸는 것이야

언젠가 우리는 이 어둠을 헤치고
나무, 나비, 새, 물고기, 벌을 만날 거야
빛에 당도할 거야

넌 내 손가락의 목소리였니

귀쑥 꽃*

누가 저걸 꽃이라고 했어요
쑥떡, 귀쑥떡은 아시겠죠
긴 흰 구름이 고요 같은 나라에서
까마중과 함께 피어나

꽃을 서로 묶어주는 길 위에서
너는 쉽게 볼 수가 없었지요
많은 것들이 지나갔어요
바라보는 법을 배우며
지금 내가 있는 곳에서
마주친 기쁨이 바로 놀라움인데,

그토록 긴 시간이 흐른 뒤
가장 먼 나라 늦여름
포플러 그늘에서
다시 너를 여는 눈을 가질 줄이야

* 귀쑥 : 떡쑥의 방언.

제2부

광대나물꽃

안팎이 없습니다

바깥은 더 보이지 않습니다

나아가기 위해 제자리에서 돌고 있습니다

길가의 질경이꽃을 바라보며.

길 위의 오랑캐꽃을 바라보며

한 가닥 희망을 품을 수 있는 것 또한 나입니다

내가 살아 있어 푸들푸들한 이 슬픔을

어둠을 마구 휘저으며

이 세상 것들이 아닌 듯이

미친 색깔로 피어나

다가오는 발걸음들 더 나아가게 하렵니다

한 사랑을 그리는

원망이 없다

이별에도
기다림에도
그리움만 동요 없이 심었다

오직 너의 품에만 있겠다는 지재(只在)
그래서 더 아름다운 이름

오래된 김해의 층과 층
금릉잡시*를 더듬으면 비석 하나, 풀 하나에도
그대 마음 떠돌았지
연자루, 함허정, 분성대는
가장 많은 발자욱이 남았지

꽃은 언제나 꽃과 톤이 맞아야 해

열다섯 살에

첫날밤도 못 치른 낭군 배차산**만

호접몽처럼 다가와

일생을 단조 속으로 입 다물었네

흐흐 그대 담운!

앞장서는 미혹 당기는 운명아

아주 천천히 기다리며

아주 천천히 그리워하며

아주 천천히 눈물을 먹었네

그대, 그리움을 아는가***

* 조선 말기 김해에 살았던 기녀 시인 강담운의 칠언절구 34수 연작시,
  김해의 아름다운 자연경관을 본인의 마음을 담아 시로 표현했다.
**지재(只在) 강담운이 사랑한 연인 배전(1843~1899). 호는 차산(此山).
*** 지재당 강담운의 시집 제목.

수만 리를 넘어온 로만글라스

합천 옥전고분군
M1호분을 벗어나
말갑옷 아래 붙어 있는
유리 파편 조각들

조각조각 붙여 복원시킨
투명 담녹색의 반구형 유리 그릇

유리가 말했나
유리는 유리 너머에서 바라볼 뿐,

도굴의 피해 보았음에도
천오백 년 전 무덤 속 빛의 파편들

무덤 이후 한 번도 사람 손 닿지 않은 땅
'이것이 말로만 듣던 고대 유리라니'

왕의 주검이 묻혀 있는

동쪽 으뜸덧널,
1992년 7월 22일
직경 20미터의 M1호분
부장품들 속 안개구름은

안개, 안개, 안개로 퍼져
가야 최초의 로만글라스로
모습을 피웠다네

수만 리를 넘어온
화려한 유리잔 속에
황강물 출렁이며
지배자를 가진 나라 다라국

허왕후길 182

모두 물러 있거라
그 찰나에 도로명 '허왕후길'로 남았어요

이름 딴 길을 우리가 걷고 있다는 걸
그녀는 알고 있을까요
불교가 가장 먼저 들어왔다고 할 수 있는 자리
큰 땅, 수많았다던 승려는 볼 수 없지만
간직한 이야기와 웅장함만은 느낄 수 있었지요
거슬러 걷다 보면
김수로왕은 진정한 유행 선구자
국제결혼에 성공한 첫 커플
연상 연하 결혼의 시초
왕이 모계 성을 실천했다는 것

수로왕 황옥공주가 첫날밤을 보냈다는
유일한 근거가 흥국사 사왕석(蛇王石)*이라네요
그날 밤 이름을 얻은 아름다운 명월산
옛사랑 대서사시의 출발점이 바로 여기

여기가 아닐까요

* 사왕석 : 불상과 코브라가 함께 조각된 독특한 양식 때문에 남방불교
  와 연관이 있을 것으로 추정하기도 한다. 폭 74센티미터, 높이 5센티
  미터, 두께 15센티미터 크기이다.

알런, 알런

난 너의 것이고 넌 나의 것

의사는 열정을 파괴할 수는 있어도 창조할 수는 없다*

말 일곱 마리의 눈을
쇠꼬챙이로 찌른 16살 소년 알런에게

억압은 돌을 던졌다

나를 심문하지 마세요
말이 여기저기서 움직인다
사람 말은 발가벗고 광폭하다

정상과 비정상의 경계는 무엇인가

말 끈을 잡은 너의 슬픔과 외로움은
120개 돌계단 너머에 있고

나는 나의 분노에 힘이 없어서 말부가 되었다

적어도 내가 정상일 때는
그랬다

말(言)을 던진다
말을 어루만진다

말과 말은 멀리서 가까이서
여전히 그 자리에 있을 뿐이다

* 연극 〈에쿠우스(Equus)〉에 등장하는 정신과 의사 마틴 다이사트의 대
  사에서.

위양지*

온다

간다

모든 발걸음이

덩달아 너와 나도,

봄 여름 가을 겨울
사는 비밀이 여기 피었다

* 밀양시 부북면 위양리에 있는 저수지이다. 전국에서 가장 아름다운
  저수지라고도 하며, 이팝꽃 피는 5월이면 그 아름다움이 절정을 이룬
  다.

삐비꽃이거나 말거나

　혼잣말하면서 뒤돌아볼 때의 봄날 아침은 다시 오지 않았다. 나는 슬픔을 굽고 있는 사람이지 그대 욕망을 태울 줄은 모른다. 무슨 생각을 그리 활활 지피고 있는지 나는, 기다란 생각의 그림자를 태우며 봄날에 삐비꽃이나 따먹으렴

　상처에서 새로운 상처가 오르는 소리. 내 침묵 속에 입 벌리고 있는 또 하나의 상처를 삐비꽃으로 피우다 말고, 사는 건 어쩌면 제 욕망의 그림자를 입에 넣어 씹는 것인지도 모른다. 우리가 어릴 적에 삐비꽃을 질겅질겅 씹어 입안을 끈적거렸듯 햇살은 양수처럼 흐르는데, 그대는 삐비꽃이거나 말거나

굴참나무 속 여름

도서관 자료실 2층 창가에 앉았다

창밖에는
대형 서고와 휠체어 탄 남자가
굴참나무 잎으로 들어갔다

한 여자는
자료실 탁자에 앉아
물끄러미 바라본다

나뭇잎 사이
햇살 한 줌 넣고
오물쪼물

굴참나무 이파리 속은
탁자에 수그리고 앉은 사람
조는 사람 불러놓고
한창 폭염을 돌리는 중이다

그 속에

맞은편 자료실 풍경이

굴참나무 속에 잠들었다

반디지치와 지선도(地仙桃)

파란 별꽃, 억센털개지치, 깔깔이풀, 졸링거지치, 반딧불
이 풀
그 이름도 다양합니다
분류는 지치과, 그 열매가 지선도라네요
우리나라 땅에서 먼저 피어났지요

반딧불이 불빛을 닮아 흔히
반디지치꽃이라 불러주지만
이름도 고상한 지선도라 더 불러주세요

5, 6월에 벽자색으로 피어나 뿌리는 물감의 재료
주로 왕실에서 사용했다지요
어느 것 하나 버릴 수 없는 그래서 꽃말이 '희생'
나는 새로운 기분에 젖습니다

반디지치와 지선도
다정한 연인이 앉은 듯했지만,
단지 나는 하나의 꽃이랍니다

먼 나라에서도 많이 피었더군요
푸르스름하고 흰 줄이 별 모양이던 꽃,
많은 들꽃 중에 이 꽃 명을 몰라 헤맸던 산책길
꽃 물음에 낯선 꽃길도 무섭지 않았습니다

화포천 이야기

흰 그늘을 뿜어 올리는
저 늪에

그날 우리가 함께
걸었듯이

사람은 오래오래
찾아오겠지요

먼지보다 가녀린 물체가
멀어지지 못하고

버들강아지 새순이 뜨면
봄은 더 가깝습니다

쉽게 오가고
하루하루가 미뤄져
당신을 알아보지 못한다면,

자꾸 되뇌어보아도
안으로 안으로만
말보다 먼저 들립니다

늪 밖의 믿음은 여전히 슬픈데
벗어날 수 없다는 듯
떨쳐낼 수 없다는 듯

철새는 철새를
텃새는 텃새를
사람은 사람을
손 닿지 않는 곳으로 흘러
흘려보냅니다

밀짚모자 쓴
아름다운 사람이
방금 쓰다듬은 벌판,

당신이 아프게 풀어놓은 세상,

세상으로 오늘도 나는 살까요
살아갈 수 있을까요

글썽이는 마음이 자꾸
뒤돌아보라는데

가신 님은
물결 파문을 남기고
바람 소리는
오늘도
미루나무 잎을 두드립니다

기부

"사람들에게 장미를 나눠주니
내 손에 장미 향이 남았다."

어느 기부자가 남긴 한마디가

여름날
이른 아침
산비둘기 소리
더 울리네!

열두 살 나무꾼, 민호

민호는 그림을 잘 그린다
연필 스케치 터치가 꽤 익었다

떠나간 베트남 엄마를
편마비가 된 아빠 얼굴과
구순이 다 되신 할배 할매 모습도
좁은 방 이불 속에서 민호가 민호를 그린다
스케치북 세상은 온통 얼굴뿐이다

하루 중 틈을 내어 지게를 지는 아이
오늘도 15분 거리의 뒷산으로
삭정이 주우러 간다
민호네 유일한 땔감은 죽은 가지들이다

지게에 담긴 삭정이가 많을수록
민호의 미소는 파문이 된다
어깨를 짓눌러도 좋다
오늘 하루 식구들 밥 짓고

보릿물 끓이고 아빠 얼굴 씻겨주면 돼,

할매는 구부정한 허리를 반쯤 폈다 말다
자나 깨나 아들 손자 걱정
베트남 며느리가 집을 나간 뒤
네 식구 거느리랴 종일 일하신다

그래도 민호 목소리는 해맑다
자주 웃는다 민호는
오직 아버지가 오른손이라도 움직이고
할배 할매가 옆에 계셔주면
더 슬플 것도 없다는 듯
열두 살 나무꾼 민호는 부끄러워할 겨를이 없다

오늘도 지게를 지고 뒷산으로 오르는 민호
오늘은 누굴 그릴까 우리 민호!

이삭 줍는 그림

현관문 열자마자

밀레 그림이 가지런히 서 있다

요즘 세상에 그림 형태가
맞지 않는다는 반감과 울분이

나 좀 봐봐

곰같이 미련해서

저 그림 치워버려

깔딱거리는 현실과
멀어져 가는 이상이

가려움증이

어디서 나를 기다리고 누군가는
한 발로 서서
허리 굽혀
이삭 줍는 거야

밀레는 여전히 저 사람들을
구원하려는 건지

포엽을 기다리며

동네 목욕탕집 앞에는 진홍빛 포엽으로 감싼 흰 별이 피었다. 그냥 지나칠 수 없는 습성이 또 손가락 셔터를 누른다. 이러면서 희열을 느끼는 그림자 하나, 자꾸 커지며 붉은 장막을 두르는 정체 모를 그림자 둘

저 포엽은 유혹, 마주칠 때마다 가슴 언저리가 아프다 아프다고 한다. 콩콩 고동까지 치고 있다. 흘러간 시간과 날들이 쌓여 화산구를 만들었다. 쌓일수록 멍울은 커졌다. 몇 척의 키가 오르고 몇 폭의 살집이 불어나고

어제는 인터넷 쿠팡에서 팔천 원짜리 화분 모종을 들였다. 플라스틱 소형 화분에 삐쩍 마른 줄기 하나와 몇 개의 짧은 가지 몇 장의 잎만 달랑, 화려한 사진과 달리 포엽 한 장 붙어 있지 않은 부겐빌레아, 그토록 갖고 싶었던 붉은 포엽과 흰 별꽃은 또 기다림이 되고 적막으로 남고

남태평양 아이들이 사는 나라에서 마주친 아주 입체적인 부겐빌레아 포엽이 그림자 둘을 다시 붙잡고 말았다. 집 벽에서 정원에서 유치원 마당에서, 알고 보면 흰 꽃보다 더 꽃같은 부겐빌레아 포엽이 남긴 그림자 셋

제3부

저녁이 그리우면

선풍기가 종일 돌아간다

사람 손이 스위치에 가지 않으면

죽을 수도 있는 바람몰이의 운명

　주홍빛 시집이 보랏빛 시집이 눈앞에서 서로 고운 색깔로 금전수를 바라본다. 금전수와 부겐빌레아 가녀린 줄기가 선풍기 바람에 제정신이 아니다. 이러나저러나 아무 상관 없는 듯 여자는 선풍기를 돌리고 선풍기는 언제 죽어버릴지 모른다. 늙어가는 전지적 작가가 참 악독하다는 생각이 겹겹 밀려오는데 탁자 위의 노란색 시집이 또 다른 시집을 바라본다. 색깔이야 시인이야 아니면 무얼로 먼저 낙찰할 것인가, 여기는 경매 시장도 아니고 더더구나 사람 하나 없는 빈 곳에서 무얼 흥정하자는 것인가, 미쳤구나 이제 머리마저 돌아갔구나, 그래도 저녁이 그리우면 시집을 읽자

카우리 나무

살아서 천 년을 살고 진흙 속에 묻혀 또 살고 죽어서도 천 년을 간다는 섬나라 토종나무 카우리*

나무의 속살을 본다는 것은 그 나무가 살아낸 세월을 엿보는 것, 기대와 설렘으로 두근거리는 가슴과 왠지 모를 먹먹함과 희귀함에 놀랐네! 놀랐었네

예수님보다 더 나이를 먹은 2,300살이 넘은 최고령 카우리 앞에 아이들을 부르며 좀 더 좀 더 있자며 더듬거렸네

마다카스카르에 바오밥나무가 있다면 뉴질랜드 북섬에는 고유종인 카우리나무가 있네 숲에 들어서면 시간이 멈춘 듯한 풍경에 고요하고 경건한 몸이 되어 나는 고대 세계로 들어가고 있었네

옹이 하나 없는 성장에 굵은 몸통. 삼림 통로에 나 있는 187개의 가파른 계단을 올라 정상에 다다르면, 독특한 나뭇결과 굵게 튀어나온 뿌리가 오래된 나무와도 마주쳤네

하늘 쪽으로 높이 올라 햇볕을 안전하게 확보하면 그때
서야 가지들을 여러 갈래로 뻗친다는 카우리 카우리 나무
여, 숲속에도 치열하게 경쟁하는 나무가 있었으니

성장과 완성으로 가는 인간의 삶처럼 새로운 변화와 변성
으로 완성을 향해 가는 길, 부디 소중한 누군가에게로 가서
잘 쓰임 받기를

* 카우리나무(Kauri Tree) : 뉴질랜드 북섬에서 자생하는 고유종이며 토
  종 나무이다. 나무는 곁가지가 하나도 없고 매끈한 기둥 같다. 옹이가
  없어 좋은 재목이 되며 가벼우면서도 아주 단단하여 최고급 목재로
  쓰인다.

개망초의 노래

일요일이 다 저무는 낙조 무렵에 뭇 장미가 피는 장미원
에 일몰이 내리는 서쪽 강가에

출렁거리는 하얀 개망초를 손을 흔들고 가는 강아지풀을
90도로 꺾으며

이것은 나의 발걸음에 내리는 쓸쓸함의 씨앗들입니다

삶이 쓸쓸한 날이면 그저 나가서 사람들과는 더 멀리 떨
어져 종가시나무 열매를 세며 그 아래에 핀 일일초꽃 색깔
들을 눈에 넣습니다

때 이른 코스모스가 드문드문 핀 강가에 달맞이꽃이 가지
런히 피었습니다

당신이 내 삶에 끼어들어 당신이 흔들린다면 나는 차라리
절대 고요로 살아남겠습니다

강가는 늘 꽃들의 전쟁이 이어지고 사람은 꽃 피는 방향으

로만 스쳐 가려는데 나는 당신을 맡기고 당신은 나를 여기
둔 채 한세월, 이 풍진 세상으로 밀려가고 쓸려 오려는군요

  지금은 강가의 흰 개망초처럼 바람 앞에 서 있지도 못한
얼굴이 되어 어디로 휘어져가는 것인가요

목화꽃 미소

갸우뚱 왼쪽으로 오른쪽으로 걷다가 밭으로 걸어갔다. 산
둔덕 황토밭 사이로 목화송이 송이마다 하얀 솜이 터진다.
그 사이로 엄마 손은 보이다가 보이지 않고 술래잡기하듯
언뜻 나타났다 사라졌다

하얀색 노란색 꽃이 한나절 피어나다가 분홍빛으로 변해
가는 해거름. 맞은편 못물에 하루의 태양이 고스란히 내리
고, 밤이면 꽃잎을 접고 장렬히 산화하는 하루살이 미영 꽃

날이 새면 그 예쁜 꽃잎 보러 황토밭으로 달려가면 꽃은
이미 지고 말았다. 엄마에게 왜 미영 꽃이 없냐고 보채면,
달짝지근한 달래 먼저 주고 시간이 지나면 솜 주느라고

올해 내년에도 미영 타고 오륙 년 미영 타면 너거 언니랑
니 시집갈 때 예단 이불 솜 걱정 없다며 앞산 향해 머금으시
던 목화꽃 미소

미지근한 물에 목화씨 담가 기름 빼고 천으로 물기 닦아

놓고 해마다 4월이면 황토밭에 목화씨를 뿌리던 우리 엄마, 파종하는 날 엄마 손은 무척이나 조용 조용하셨지 시집 보내는 일이 뭐가 중요한데 라며 자꾸 불평하면, 시근 머리 없는 소리 하지 말라며 고이 씨를 묻고 한 발 한 발 나아가셨다

9월이면 목화꽃보다 더 하얀 모습으로 황토밭보다 더 붉은 손으로 솜뭉치를 쌓아가신 당신은

내가 여태껏 버티고 살아가는 힘, 그 뿌리는 황토밭 목화꽃이었다고 엄마의 그 붉은 손이었다고. 오늘은 저 먼 곳 당신께 쓸쓸한 고백을 하고 그 밭에서 돌아왔습니다

단풍

이 가을을 타고 올라가
저세상을 내려다보고 싶었다

목적 없이 배를 타고 가다가
수직이 아닌 수평으로 바라볼 수 있는 풍경 앞,
바닷물이 쏟아져 들어오겠지
뿌리 없이 훨훨 날아가 수직으로 떨어져 내리겠지
등대 앞에는 바닷새 한 쌍
노스헤드* 바위에는 남녀 한 쌍이
널 푸른 경계선상에서 그림같이 앉았다

용기 내어 생각하는 대로 살지 않으면,
머지않아 사는 대로 생각하게 된다**
무지개를 보려면 비를 참고 기다려야 하듯
살아 있는 건, 망가뜨리면 안 돼

가을 속으로 깊어가는 이국땅의 밤
오로라 빛을 향해 손 흔들며

낯선 이들과 함께

바다로 흘러가는 붉은 슬픔이 되었다

* 뉴질랜드 북섬 오클랜드 데본포트 항구에 위치한 군사기지.
**프랑스의 시인이자 철학자인 폴 발레리의 어록.

도서관 또, 마스크

삼복더위에 하나둘 얼굴 반은 안 보인다

정말 징글징글해,
마스크는 다시 골목길로 하얗게 걸어간다

한동안 무심코 살았는데,
네가 주는 위축감 위력이 대단하구나

움찔움찔 눈치 보며 흰빛인가 검은빛인가
알 수 없는 장막을 치며 한 공간에 앉았다

자연스러운 재채기
기도로 넘어간 음식에 걸린 기침까지
입은 침묵이며 동작만이 말을 할 뿐이다

이 황량한 벌판에 가래가 춤을 춘다

흰 마스크를 끼고 걸어가는 유리체들

속에 곱고 예쁜 유령들이 한 걸음 두 걸음 다가온다

벌판엔 나비라도 날지, 잠자리라도 배회하지,

여기 이 공간은 눈 내리깔고 칼날 번뜩이는
뒤통수들만 모여 활자를 쪼아먹는다

그 울음의 이유

개는 어느 날 갑자기 죽었다
돼지는 다음 해 시장에 팔려 나갔다

아버지 퇴근길 동구 밖 자전거 요령 소리 나면
먼저 달려가 와락 가슴에 안겼던 누렁이
누런 털 비비며
눈빛이 참 선했는데

눈물이 나서 자꾸 눈을 훔쳤는데
짐승 죽은 후 우는 게 아니라며
당신은 모질게 야단치셨지

짐승이 죽으면 왜 울면 안 되는 거지
여태껏 그 이유를 알 수가 없었다
그 음성 일생 귀에 움을 틔워
안에서만 자랐다

분명 어른들은 이유를 알고 있을까, 애써 알 이유도 없고

알아도 어쩔 수 없는 근거 불분명한 이야기라고 치부하는 게 속 편했지

키우던 흑돼지 몇 마리 시장에 팔러 가는 날, 눈물 숨기고 혼자 끙끙거렸지만,
그저 조용한 집안

동생들 학비 보태고 봄날에 사라져간 오동통 돼지들아
돼지 콧구멍이 썰어놓은 연근 같아서 눈 지그시 감으면 어진 할아버지 닮아서
떠오른다 꼬마의 기억 속에서 자라나며 살고 싶어*

누렁이 개
흑돼지들이
아지랑이처럼
아지랑이 되어
어룽어룽하는데

너무 오래된 동구 밖

벚꽃 진다

* 황혜경의 시 「역역하다」에서

고추잠자리

공중에 수많은 불립 불립 불립
불립문자

어디로 날아가나?

핫립세이지

반쯤 흰 얼굴
반쯤은 붉은 얼굴

저토록 가녀린 가지 끝에서

이쪽에선 비 내리고
저쪽에선 햇볕 내리쬐고
젖은 꽃대를 올리며
뜨거운 입술이라니

반쯤 눈물 흘리며
누굴 응시하나
반쯤 눈을 붉히고
누구를 울게 하나

저 단단한 모양새

참 지독하지!

쉽게 손잡을 수 없다는 듯

남과 북처럼

우수와 오수 사이

길과 길 물과 물에는
땅으로 내려가는 물길이 있어
지상은 조용히 흘러 사는 거지

오수와 우수 사이에 서서
우수의 구멍을 보는 아이
오수는 구멍이 없어 아빠,
빤한 이치이지만 차이를 두고 보면
참 신기한 일인 것 같아

집으로 오는 길에
여러 개의 맨홀 뚜껑이 있는데,
어떤 것은 구멍이 있고
어떤 것은 구멍이 없었어 아빠,

입씨름하는 우수와 오수
돌이켜보면 어린 왕자가 생각나

처음으로 발견한 맨홀 위의 구멍들
까고 속을 보이면 별것 아닌 주변 풍경들을
지나가는 아이가 툭툭 건드리는데

아는 입은 쉽게 말 못 하고 말았다

밤의 새

당신은 어둠 속의 새
시야의 8할이 허공인 평원 지대
사방이 지평선인 그곳

별의별 이불 덮고 잠드는 지구

보았다가 참 중요한 것,

다섯 개의 벼락이 동시에 땅에 꽂히는 것도

'부시면'으로 더 알려진 산인들의 땅 칼라하리 말에
혀를 튕기거나 혀를 차서 내는 소리가 있다
겸손, 겸손해지라는

사소한 것들을 포착하며 사락사락
시간을 감각하는 부시먼들의 암각화는 또한
살아가는 일에 훌륭한 소통이 되는 세상

'험블브랙(humblebrag)'*

1과 2까지는 세고 그 이상은 그저 '많다'라는 그들의 생각이

허공을 긋듯이 날아가는 어둠 속, 더 멀리 날며 멀어지고 싶은 것이지

운명적인 하얀빛은 회색빛 불안함은

밤의 새가 돼버린 산인(족)들의 슬픔은

'신화에 의한 죽음'

죽음을 맞이했기 때문이라는데

* 2014년 옥스퍼드 영어 사전에 등재되었다고 한다. 겸손한 척하지만 실제로는 자랑하고 싶어 안달난 속마음을 이르는 말이다.

어떤 풍경

사거리 대로에는 계속 차가 달리고

서쪽 노란 선 건널목 위를
자전거, 자동차, 전동차가 줄지어 슬그머니 굴러간다.

3층에서 내려다보면
책을 한 가슴 품고 앞으로 걸어오는 여자
한 가족인 듯한 세 사람이 눈치를 보는 광경이
한눈에 비치는데

보도 옆 훌륭한 자태의 소나무는 무얼 보고 계시는지
저래도 되는 건지 자꾸 가지를 흔들고 있다

고얀, 저 나쁜 바퀴들 줄지어 굴러가도 아무 말이 없네

3층 사람은 눈이 뚫어지라 관조할 뿐이고
누구라도 오지랖 떨 수 없는 염장 속 폭염

조용히 미끄러져 가는 움직임
저 모양새만이 오직 살길인 듯

한낮의 저 풍경
어디에서 또 펼쳐질지

안개
― y에게

너를 보내고 돌아오던 그해
눈앞은 마산 앞바다이더라
국화 축제 마당이 바로 창 앞인데
화려한 국화마저 안개로 보이더라

'가고파' 첼로 선율이 흐르고
만추에 내린 이별 앞에
가족은 그저 목을 떨구어야만 했다

　잘살아 보자고 집 벽마다 쑥 망태기 달아놓고 흑마늘도
만들어 베란다에 늘어놓았더라. 유리병마다 가득 채워놓은
효소며 각종 채소 장아찌도 냉장고에 가득하더라. 종류별로
잡곡은 왜 그리도 많았는지 겨우 그 정도 살다 갈 것을, 참
애살스럽게도 건강 먹거리 쟁여놓고 강을 건너가버리다니

　저릿저릿한 슬픔은 남은 사람의 몫이라는 것을 살아가며
알겠더라. 겨우 그 정도 살다 갈 것을

연이 석이는 이제 성인이 되었다

먼 길 가는 날
아직은 희미한데
살아가는 눈앞은 안개일 뿐

하모니카 부는 시장님

'뜸북뜸북 뜸북새 논에서 울고'

　열대야, 오케스트라 연주에 맞춰 하모니카 선율로 오빠를
불러내는 이웃 시장님, 하모니카 구멍마다 흘러나온 슬픈
기억에 저절로 귀가 일어났다

　방금 2024 파리 올림픽 역도 경기가 끝나고 우리나라 여
자 선수가 은메달을 획득, 이어 방송한 지상파에서 이웃 시
장님이 하모니카 선율로 자꾸 오빠를 불러낸다

　하모니카 선율로도 오빠가 왔는데
　(서울 가신 오빠는 소식도 없고)

　32살 오빠는 강산이 네 번이나 지났는데 한번 강 건너간
오빠는 꿈속에조차 오지 않았다

　열대야는 참 길어라, 사람 좋은 모습으로 하모니카 부는
시장님, 시민과 지역을 위해 말씀까지 하시고, 하모니카 선

율이 애잔해서 오늘 같은 날은 참, 살 만한데

　'하모니카 부는 오빠' 시를 남기고 일찍 별이 된 시인도
오셨다. 열대야 잠결 속 손 흔들고 떠나는 오빠여 시인이여
하모니카 부는 시장님이여

제4부

달빛 문자

갈가마귀 개똥지빠귀가 달빛 아래 문자를 그리고 날아갔다. 주위에 비치는 건 알 수 없는 무색 종이뿐. 정해진 시간에 그 문자가 비친다는데 허겁지겁 맘이 달아올라서 눈앞은 캄캄해서 달빛 위는 어둠뿐이고 문자를 찾아 헤매는 프로도* 큰 발 위의 달빛만이 더 환하구나! 우정을 위해 큰 귀는 더 쭈뼛 치솟고 고뇌 찬 눈빛은 더 깊은 골짜기 같다

숲엔 태양을 싫어하는 무리가 있어 아니, 빛이 두려워 굴을 파고 살아가는 무리가 한 발 두 발 어둠을 집어 먹고 기어 나오는 시간이면 밤의 숲은 축제로 변하니까

이쪽의 인간과 중간계 사람이 어울려도 되는 밤이면, 달빛은 구름 속에 머물고 달빛 문자는 인간에게 쉽게 모습을 드러내지 않는다. 살기 위해 끝까지 숲속을 달리고 달려 벼랑에 부딪히자 드러나는 암호, 암호는 암호일 뿐. 나는 문자를 찾기 위해 헤매는 프로도의 후손

* 판타지 영화 〈반지의 제왕〉의 등장인물.

웃음이 나요

아침부터 아빠랑 놀더니
우뚝 서 있는 사진이 와 있네
서는 연습 적당히 해,
이제 8개월 시작이라고
기꺼이 서서 사진까지 담긴 아기 모습 두 장,
한 장은 비장한 표정을 짓고
또 한 장은 입에 쪽쪽이를 물고 웃고도 있어
아기는 엄마의 아버지*
틈만 나면 동작 놀이를 하는 아기의 하루
엄마는 웃다가도 걱정이 쌓이는데
가만히 두면 저절로 해결될 동작에
나는 그저 웃으며 행복하기만 해
아기 선 사진을 몇 번씩 보고 또 보고
예전에 못 누린 달콤함에 빠져요
혼자 웃다가 울다가
이 달콤한 유혹에 못 견뎌
오늘도 화상대화를 기다려요

* 윌리엄 워즈워스의 시 「무지개」의 한 구절 "어린이는 어른의 아버지"
를 차용함.

외로운 산

가까운 듯 먼 듯한 그 숲을 잠시 바라보았다

타원형 바위 구멍이 저쪽 풍경을 살며시 보내며 오라는 표정을 지었다

어둠은 잠시 어룽거리다 순식간에 사라졌다

갈가마귀가 산 주위를 배회하며 사람을 찾고 있다

방금 산짐승들이 튀어나올 것 같은 짙은 숲속에 정적만이 고요한데

여기와 저기의 경계선에서 나는 발걸음조차 떼지 못하고 하늘만 바라보았다

애초에 사람이 없었다는데 사람이 다녀갔다는 표정을 짓는 저 산이

나는 외로운 산이라며 바위 구멍을 살짝 열어둔다

태고의 나무들 숲들 바위와 돌멩이들

그 아래 흙들이 뭉쳐진 산도 외롭다며

외롭다고 산 치마를 덮는다

피하 비치에서

내 눈꺼풀이 잠의 언저리를 쿡 눌러버렸을 때 잠시 잠들었다며 정신이 번쩍 일어났어요

태어나 겨우 두 달 남짓 된 아가와 함께 간 바다는 검은 모래가 부드럽게 발바닥을 끌어당겼어요

태곳적 물결인가요 거센 파도가 사자바위를 때리면 바위는 태풍처럼 사납게 주위를 휩쓸어 버려요

여기 서서 앞을 바라보면 바다 건너 경계선이 흰 구름 속으로 사라져버려요. 구름과 바다는 한 이불을 덮은 듯 바다가 하늘 같고 하늘이 바다에 닿아 도저히 눈에 닿지 않아요

북섬 서해안 피하* 피하여! 수평선이 사라지고 마는 여기는 피안의 언덕인가요. 아무 말도 할 수 없어요. 검은 모래 바다만이 쿵쿵거려요

울고 싶었지만 울 수가 없었어요. 거친 파도와 서핑하는

사람들에 휩싸여 울기가 시시해져버려요

　멀리 와버렸어요. 집도 형제도 친구도 까마득히 밀려가네요. 살아야 하는데 어쨌든 살아 나가야 하는데 거친 파도는 숨소리조차 걷어 가버려요

　너무 멀리 간 아득함 앞에서 꼼짝할 수가 없어요

＊　뉴질랜드 북섬 오클랜드에 위치한 해변이며 거친 파도와 검은 모래와
　서핑으로 유명한 곳, 피하(piha)는 뱃머리에 부딪히는 파도를 의미한
　다고 한다.

그리움은 말할 줄 몰라

그리움은 말판을 깔아놓고도
말 한마디 할 줄 모르고

말 한마디 할 줄 알았는데
평생을 하지 않고 버티고선
너에게 불쑥 타원형 입술이 퍼져
그립다 그립다고 해버릴까

그리움은 기본을 몰라
높거나 낮거나 깊거나 얕거나 단단하거나 퍼지거나
물체 없이 혼자 속삭이거나

우두커니
전망만 마주하며
나를 바라보고 있다

바닷가 물새 두 마리도
재재재재거리는데,

투명하지 않아도 돼
이런 거 저런 거 재지 말고
타원형 입술 모양으로
말을 해봐 제발 말 좀 해봐

대출확인증

소설책을 펼쳤는데
어느 페이지 갈피에 대출확인증이라는 종이가 불쑥거렸
다.

대출확인증

대출자 : ○ ○ ○
대출 일자 :
대출 권수 : ○권

도서명 ○ ○ ○
누구 소설집
청구기호 E811. 7
등록번호 EM00000
반납예정일 2024/07/28

○ ○도서관 회원용

종이책에 대출확인증을 끼고 무료 책을 읽고 이거 수지맞
는 장사가 아니지 약속을 지켜야 하는 강박관념이 앞서 대
출 대출 글자만으로도 시달리는 거야

　영수증은 제 모습대로 버티고서는, 반납예정일은 다가오
는데 책갈피에서 반짝거리는 대출확인증, 세상에 못 믿을
것과 못 지킬 것이 공존해서 항시 일어나는 거래 아닌 거래,

보도바위와 칡꽃

— 밀양시 삼랑진 검세리 깐촌 낙동강변에서

삼랑진역에서 부산 방향
경부선 철도가 지나가는
첫 번째 굴과 두 번째 굴의 사이 지점

삼랑진역 강생회 지하창고에 구금 후
밀양의 아버지 오빠들을 묶어
철도에 세워놓고 총으로 탕탕

벼랑 아래 낙동강으로 던져버렸다 한다
보도바위*에 피 튕겨 수장되었다고 한다

일부는 서부 경남권 사람을
열차에 태워 와 꽁꽁 묶어
줄줄이 탕탕, 물로 보내버렸다고 한다

8월 중순
그 절벽 아래
검붉은 핏물이

피었네

휘감겨 타고 오르네

맞은편 삼랑진 철교야 매봉산아
생림 도요 모래사장아
바람은 여전히 불어오고
낙조는 멀리서 가까이서
대답하지 않는다

여기는 잊으면 안 되는 특별 구간,

아직은 호명할 수도 없는
모든 슬픔아
강물 밑 안부에 귀 기울이자
바위가 보일 때, 사라지려 하기 전에

* 국민보도연맹원들이 희생된 곳이라 하여 강변에 있는 바위를 '보도바
  위'라 부른다고 한다.

그 아래 보랏빛 맥문동꽃 피었지

밀양 국민보도연맹 사건 희생지
유해 매장 추정 지번
경남 밀양시 삼랑진읍 미전고개 산11번지 일대
경남 밀양시 단장면 태룡리 354번지 일대

한국전쟁 발발 이후 1950년 7월부터 8월까지
밀양지역 국민보도연맹 등 예비검속자들이
밀양경찰서 유치장, 나카노 공장에 구금.
1950년 8월경 단장면 태룡리 뒷산으로 끌려와
집단학살을 당해 고귀한 생명들이 억울하게 희생.

옛 삼랑진 면사무소 건물, 삼랑진 지서
삼랑진역 강생회 지하창고 등에 구금
1950년 8월 중하순경 삼랑진읍 미전리
미전고개로 끌려와 집단학살 당함.

단장면 태룡마을 뒷산 대나무골, 참혹했던 그 팔월을 감
싸 안고 바로 앞 천변을 바라보네.

대나무에 휩싸인 집 한 채, 걱정이 자꾸 따라오네. 마을 어귀에 핀 흰 배롱꽃이 눈을 감았다가 떴다가

촌수 먼 친척이 보도연맹에 끌려간 이야기. 시댁 백부님도 생사를 몰라 9월 9일 제를 올렸다. 원통하게 죽은 큰아들 기다리다 화병으로 세상 뜨신 시조부와 시조모님, 지금도 구천에서 큰아들을 찾고 계십니까, 너무 투명해 그림자조차 없는 이별. 아무렴요 아무렴요 먼 구원과 망각 사이 당신, 기억 너머로 하얗게 떠도는 진실을 말해요. 저기 대밭에 누군가 중얼거린다.

여기 끝에 선 그림자를 향해 아픈 곳이 묻는다. 골짜기는 모든 흔적이 사라지지 않아요. 깊고 깊어서 하늘 향해 더 귀를 열지요. 미전고개 안내판 밑 보랏빛 맥문동꽃 피었네! 환장할 것. 증명하기 위해 꽃 피다 지다 하루 한 생을 견디고 있었나, 여기 오기까지 고갯길 차 안에서 무심코 지나친 안내판. 어제는 차 안에서 고개를 빼고 찾았다. 끝은 어디쯤일까, 화해하지 말아야 한다. 용서하지 말아야 한다. 의문은 반드시 풀려야 한다. 모든 희생자께 호명을 해드려야 한다

그해 봄, 부겐빌레아

더울수록 부겐빌레아 포엽은 더 붉어졌다

1979년 10월 16일, 부마항쟁으로 촉발한 민주화 열기는
10 · 26 사태로 이어져 유신독재가 몰락했다

1982년 3월, 길 위였다
승용차 한 대가 멈추더니
그녀와 함께 사라졌다
집엔 불온서적 한 권 없지만,
방바닥엔 책들이 나뒹굴었다
어디서 왔는지 모르고
어디로 갔는지 몰랐던 그날의 목격,

며칠 후 그녀가 돌아왔다
묵묵부답으로
가슴만 쓸어내렸다
그해 봄은 체포된 열사들의 뉴스로
나라가 들썩거렸다

열사의 글벗 주위 사람이라는 이유로
사는 곳을 어찌 알아 찾아갔는지
사건 후, 14일 만에 열사 일행이 잡혀서 풀려났지만,
시간 지나 이구동성 똑같이 당했다니…….

부산 미문화원 방화 사건*은 10 · 16 부마항쟁, 5 · 18 광
주민주화운동 이후
2년이 지난 시간이었다

어언 40년이 지난 그해
부겐빌레아 붉은 포엽은
흰 꽃은,
그녀 가슴속에 해마다 피어올랐다

* 1982년 3월 18일 부산의 고신대 부산대 학생들이 미국 정부가 5 · 18
광주 학살을 용인했다고 비판하며 부산 미문화원을 방화한 사건.

팔코 레알레*

너는

언제

그 자리에

앉아

오페라의 유령을 들을 수 있을까

* 오페라 극장의 귀빈석을 말함.

금전수

초록 바다 두 접시 담아와서 줄기마다 다닥다닥 푸른 이
파리 붙여주고 하루 이틀 사흘 한 달 두 달 일 년 이 년 지폐
가 익어가기를 기다렸다

나뭇잎은 윤기 나게 푸른데 너는 푸르지도 못하고 곧게
뻗기만 하니 어느 세월에 금전이 되려나. 오죽하면 금전수
를 눈앞에 심어놓고 금전 오기를 기다리나

손에 만지기 어려운 것들은 더 곧게 곧게 뻗어가는 성질
을 가졌으니

사람아, 부질없다고 하지 말고 가슴속에 품은 꿈 심어서
물도 주고 약도 주고 하늘 향해 뻗어 나가자. 정성 들여 가
꾸고 간절히 원하면 곧게 뻗은 줄기마다 금전이 달려 올지

신발

하루가 남루하여
강가를 더 천천히 걸으면

저절로
고개 숙여
신발에 박힌 별을 센다

한 발짝 길게 내디디니
강물 위의 윤슬 사이로
아버지가 반쯤 반짝거리신다

야야, 물김치에 병아리 콩죽 다오
너 가면 내 어찌 사노

나 불쌍한 홀아비 됐다 아이가

어차피 사람은 다 죽는다 아이가
자꾸 그래쌌노

아버지와 딸은 이런 대화로
몇 년 세월을 견뎠다

새벽같이 무명의 돌다리를 건너가던
안개 속의 어머니와

윤슬 사이로 반쯤 얼굴을 내민
노을 속의 아버지는

지금은 너울너울
발 없는 몸으로 다가와
새벽이면 살포시 웃고 가시네

알바트로스

"파리에 알바트로스가 날면 센강에 바람이 불지 않는다"

사방이 온통 물인데
마실 물은 한 방울도 없구나

뉴질랜드 최남단 남섬이 서식지
세계에서 가장 큰 새
폭풍을 부르는 새
바람과 맞서 절벽에 서는 새
세상에서 가장 높이 나는 새
몸길이가 1m
날개를 펼치면 3m가 넘는 새
6일 동안 한 번의 날갯짓도 없이 하늘에서 계속 날 수 있
는 새
두 달 여정으로 지구 한 바퀴를 비행하는 새
지구를 가장 멀리 횡단할 수 있는 새
바람의 힘을 이용해 비상하는 새
화려한 비상을 꿈꾸는 새

신천옹(信天翁)이라 불리는 새
한번 짝짓기를 하면 끝까지 가는 부부 새
큰 몸집으로 뒤뚱뒤뚱 걸어 다녀
바보 새라고 불리는 새

그래 나를 바보 새라고 부르네

인간들은 두 달 만에 지구 한 바퀴를 돌아본 적이 있는가,
변치 않고 짝지랑 끝까지 갈 수 있겠는가,

딸기 머그컵과 휴일 아침

매미 소리 쏴아거려요

새벽 방충망 사이로 들어오는 바람
이 바람은 찹찹한데
한낮 햇빛만큼은 주위를 다 태울 듯해

발바닥과 땅 사이에 내가 들어가서
그만 주저앉아버리고 싶은 이 무시한 여름
올해 더위는 꼬리가 얼마나 긴 것인가요

꽤 깊이 생각에 잠깁니다

휴일 아침의 커피 한 잔에다
딸기무늬 머그잔을 바라봅니다
밝고 화려한 딸기가 곧 입에 들어오려는지

오랜만에 충만함이 일어난 가벼움
가벼워지는 현상은

몸인지 맘인지 빈 우유 종이곽 닮은
울림도 헛소리도 달아났어요

이런, 잠시 잠시겠지요

한동안 쉰 자리와 시간 틈 사이로
내가 버린 문장만은 제자리로 돌아오려나 봐요

좀 살 것 같습니다

존재의 경이로움을 찾아서

오민석

신화의 재탄생

존재라는 말이 별 의미 없이 사용되기도 하지만, 하이데거에게 있어서 존재(Being)란 단순한 '있음(existence)' 자체가 아니라 존재자의 궁극적이고도 근원적인 상태를 일컫는다. 인간들은 오로지 자기 주변 세계에 대한 '마음씀(Sorge)'이라는 독특한 능력을 통해서만 존재에 접근할 수 있다. 하이데거에 의하면 근대 이후 존재는 도구화된 이성, 대상화된 사물, 물질주의적 삶 등, 비본래적인 것들에 의해 사라져버렸다. 존재가 은폐된 시대엔 존재에 대한 경이로움 역시 사라지고 만다. 하이데거가 볼 때 예술의 본질은 이렇게 사라진(은폐된) "존재자들의 진실", 즉 그것들의 배후에 있는 대문자 존재를 탈은폐하고 움직이게 하는 것이다. 사라진 '존재의 빛'은 예술작품 속에서 다시 살아나고, 사건이 되며, 경이로움의 대

121

상이 된다. 이렇게 보면 시인은 죽은 세계를 깨워 그 이면에 감추어진 존재를 끌어내는 자이고, 그 존재의 빛에 열광하는 자이며, 그것이 없으면 도무지 살 수 없는 자이다. 시인들에 겐 비본래적 세계처럼 지루한 것이 없다. 비본래적 세계 안에서 시인은 권태를 이기지 못하고 존재의 경이로움을 찾아 헤맨다. 시인이 시를 쓸 때, 존재가 어둠 속에서 서서히 빛을 내기 시작한다.

이윤의 시들은 일상의 주변을 건드리는 자리에서 시작된다. 이윤 시인은 미라를 깨우는 마법사처럼 죽은 신화, 죽은 공간, 죽은 사물들을 건드린다. 그녀의 시적 촉수가 닿을 때 세계는 권태의 묘지에서 깨어난다. 그녀의 시는 매장된 시간과 내러티브를 지상으로 끄집어내고, 낡은 공간을 최초의 공간으로 돌려놓으며, 잊힌 사물들을 경험의 현실로 소환한다.

> 자줏빛 햇살이 뭉쳐진 곳으로
> 김씨(金氏)가 내린다
> 신체의 비밀은 알 속에 가득 차 있고
> 있다고 치면 들을 수 있다
>
> 경전철역, 번호 17번
> 경상남도 김해시 김해대로 2181
> 안전문을 벗어나면
> 동쪽 아래로 해반천이
> 하천 따라 경전철이 지나간다

햇빛에 부서지는 찬란한 순간이 바로 여기였나
역사(驛舍) 동쪽에 바로 내 무덤이 있었네!

김씨가 자주 걷는 해반천에서
자줏빛 댕기 하나를 끌어 올렸다는데
내가 바라보는 것들에 둘러싸여
속살이 굳은살이 될 때까지 김씨는 걷고 있다
뒤뚱, 갸우뚱 한참 동안 뒤뚱 갸우뚱
왼쪽으로 기울다가 좌로 꺾이고 우로 쓰러지고
세상의 모든 왕과 왕비는
최고로 피고 졌다는데

땅을 걷는 길은 하늘을 거쳐야 하고
하늘로 가는 길은 땅을 거쳐야 한다
2000년을 지나 밀서를 전하는
김씨, 오늘도 수로왕릉역에 간다
　　　　　　　　　—「수로왕릉역에 간다」 전문

　아마도 시인의 거주지에서 멀지 않을 수로왕릉역을 지나
면서 시인은 무덤 속에서 까마득히 잊힌 수로왕을 끄집어낸
다. 근 이천 년 전 먼 가락국의 초대 국왕이자 김해 김씨의
시조인 수로왕이 갑자기 21세기에 자기 이름을 딴 김해시의
경전철 역에서 현대판 "김씨"가 되어 내린다. 그의 비밀은 여
전히 "알 속에 가득 차 있고" 오직 그것을 믿는 자만이 그의
비밀을 "들을 수 있다". 그는 자기 무덤을 쳐다보고 서기 42

123

년경 자신이 태어났을 무렵의 "햇빛에 부서지는 찬란한 순간"을 "속살이 굳은살이 될 때까지" 돌이켜보며 걷는다. 시인은 이렇게 무심코 지나쳤을 수도 있을 역사의 무덤을 파고 그 안에 갇힌 존재를 눈앞의 현재에 끌어들인다. 시인은 권태의 기억 속으로 사라진 미라를 21세기의 경전철 역으로 소환하여 "뒤뚱, 갸우뚱" 거리며 걷는 "김씨"로 만든다. 시인은 이 시뿐만 아니라 「왕후의 서신」, 「다시, 구지봉에 서면」, 「한 사랑을 그리는」, 「수만 리를 넘어온 로만글라스」, 「허왕후길 182」 등의 작품들을 통하여 김해, 밀양, 합천 유역의 박제된 신화와 역사를 호출하여 현재의 시간에 풀어놓는다.

역사의 소환

시인이 살려내는 것은 먼 옛날의 서사만이 아니다. 시인은 비본래적 현실에 의해 은폐된 근대사의 알갱이들을 생생하게 소환하기도 한다. 이것이 중요한 것은 그런 사건들이야말로 본래적 존재를 구성하는 핵심적 내용물들이기 때문이다.

삼랑진역에서 부산 방향
경부선 철도가 지나가는
첫 번째 굴과 두 번째 굴의 사이 지점

삼랑진역 강생회 지하창고에 구금 후
밀양의 아버지 오빠들을 묶어

철도에 세워놓고 총으로 탕탕

벼랑 아래 낙동강으로 던져버렸다 한다
보도바위에 피 튕겨 수장되었다고 한다

일부는 서부 경남권 사람을
열차에 태워 와 꽁꽁 묶어
줄줄이 탕탕, 물로 보내버렸다고 한다

8월 중순
그 절벽 아래
검붉은 핏물이
피었네

휘감겨 타고 오르네

맞은편 삼랑진 철교야 매봉산아
생림 도요 모래사장아
바람은 여전히 불어오고
낙조는 멀리서 가까이서
대답하지 않는다

여기는 잊으면 안 되는 특별 구간,

아직은 호명할 수도 없는
모든 슬픔아
강물 밑 안부에 귀 기울이자

바위가 보일 때, 사라지려 하기 전에

   — 「보도바위와 칡꽃 – 밀양시 삼랑진 검세리

      깐촌 낙동강변에서」 전문

 이 시는 한국전쟁 중이었던 1950년을 전후하여 이승만 정
권을 배후로 국군과 서북청년단 등 극우 반공 단체들이 공
식, 비공식 추산 5천~120만 명의 수많은 양민을 학살했던 보
도연맹 사건을 소환하고 있다. 이 사건은 발생 직후부터 근
40여 년간 은폐되어오다가 1990년대에 들어서야 비로소 공
적 논의의 대상이 되기 시작했지만, 2000년대 이후 다시 역사
의 어두운 지평으로 슬며시 사라지고 있는 사건이기도 하다.
그러나 한국 현대사에서 이 사건이 중요한 것은 21세기의 한
국 사회가 여전히 극한적인 이념 대립의 국면에서 한 치도 벗
어나지 못하고 있기 때문이기도 하다. 최근 12 · 3 계엄 사태
이후 대통령 탄핵 과정에서 드러난 한국 사회의 전반적인 극
우화 경향은 근 80년 전 극우 파시스트들에 의해 자행되었던
전대미문의 만행을 돌이켜보기에 충분하게 만든다.
 이윤 시인의 이 작품이 특별한 것은 이 작품의 배경이 되
는 "보도바위"가 바로 시인의 거주 지역 내에 있다는 사실이
다. 앞에서 인용한 시와 마찬가지로 시인은 멀고 외딴곳이
아니라 자신의 일상이 전개되는 공간 안에서 잊히거나 은폐
된 존재자들의 이야기들을 끄집어내어 조명한다. 시인의 이
'끌어냄'에 의해 은폐되었던 존재자들의 존재가 탈은폐되고,

권태와 무관심의 희생양이었던 사건들이 독자들에게 경악과 경이로움의 대상으로 바뀐다.

위 작품에서 시인은 보도연맹 사건을 관념이 아닌 감각의 언어로 소환함으로써 더욱 생생하게 되살린다. "밀양시 삼랑진 검세리 깐촌 낙동강변" "삼랑진역에서 부산 방향/경부선 철도가 지나가는/첫 번째 굴과 두 번째 굴의 사이 지점"이라는 묘사가 보여주듯 시인의 손길은 매우 선명하고 구체적이며, "밀양의 아버지 오빠들"이라는 표현처럼 시인은 박제화된 시간을 지금, 여기의 생생한 순간으로 재현한다. 극우 파시스트들이 학살한 민간인들의 시신을 "벼랑 아래 낙동강으로 던져버렸다"는 구절에 이어 그들이 "보도바위에 피 튕겨 수장되었다"고 반복하는 구절은 독자들을 말 그대로 '경악'케 한다. "아직은 호명할 수도 없는/모든 슬픔아/강물 밑 안부에 귀 기울이자/바위가 보일 때, 사라지려 하기 전에"라는 마지막 연은 은폐된 존재의 탈은폐를 예술의 본질로 간주하는 하이데거의 명제를 떠올리게 하기에 충분하다.

감추어진 현대사를 소환하여 드러내는 시인의 작업은 여기에서 그치지 않고 「그 아래 보랏빛 맥문동꽃 피었지」에서는 밀양의 다른 지역에서 벌어졌던 보도연맹 학살 사건을, 「그해 봄, 부겐빌레아」에서는 부마항쟁, 광주항쟁의 연장선에서 벌어졌던 부산 미문화원 방화 사건을 소환하고 있다. 이런 작품들은 한결같이 시인의 거주지 혹은 거주지 인근에서 벌어진 사건들을 다루고 있는데, 이것은 이윤 시인의 작품들이 먼 관념의 세계가 아니라 가까운 일상의 망각을 깨우는 일에서 비롯된 것임을 잘 보여준다.

객체들을 탈대상화하기

이윤 시인에게 일상은 신화나 역사만이 아니다. 그녀의 시적 대상들은 놀라울 정도로 그녀의 일상에 가까이 있는데, 가령 수많은 식물, 공간, 사물 같은 것들도 그것이다. 문제는 이런 객체들이 근대 이후 철저하게 대상화되어왔다는 사실이다. 대상화된 객체들은 본래의 유동성을 상실하고 미라화된 역사처럼 무감각, 무관심, 망각의 영역으로 밀려난다. 그것들은 존재자이면서도 존재의 빛을 상실한 어둠의 사물(死物)들이므로, 시인에겐 당연히 예술적 대상으로 호출된다.

> 동네 목욕탕집 앞에는 진홍빛 포엽으로 감싼 흰 별이 피었다. 그냥 지나칠 수 없는 습성이 또 손가락 셔터를 누른다. 이러면서 희열을 느끼는 그림자 하나, 자꾸 커지며 붉은 장막을 두르는 정체 모를 그림자 둘
>
> 저 포엽은 유혹, 마주칠 때마다 가슴 언저리가 아프다 아프다고 한다. 콩콩 고동까지 치고 있다. 흘러간 시간과 날들이 쌓여 화산구를 만들었다. 쌓일수록 멍울은 커졌다. 몇 척의 키가 오르고 몇 폭의 살집이 불어나고
>
> ─「포엽을 기다리며」 부분

최근 『객체 이론*Theory of the Object*』(2021, 한글 번역본 제목은 '객체란 무엇인가')으로 주목받고 있는 토마스 네일(T. Nail)에 따르면, 멈추어 있는 객체란 없다. 모든 객체는 정지된 실체가 아니라 끊임없이 움직이는 흐름(flow)이며 과정(process) 그 자체이다. 모든 물질은 정지된 것이 아니라 "움직이는 물질(matter-in-motion)"이다. 객체를 정지시킨 것은 인간 중심의 근대주의이다. 그러므로 강력한 근대적 주체를 두들겨 패서 약화하면 대상화된 객체들은 본래대로 다시 움직이기 시작한다. 엄밀히 말하면 근대적 주체의 억압에도 불구하고 객체들은 한시도 멈추지 않고 움직여왔다. 다만 인간 중심의 도구화된 이성의 눈에 그것이 보이지 않았을 뿐이다. 시인은 근대적 주체가 이렇게 대상화하여 살해한 객체들을 다시 살려놓는다. 이것 역시 하이데거의 용어로 말하자면 은폐된 존재자들을 탈은폐화함으로써 존재의 빛을 드러내는 일에 다름 아니다. 위 작품은 일상 속에서 그렇게 내팽개쳐진 객체를 다시 소환하고 그것을 경이롭게 바라보는 예술적 주체의 모습을 잘 보여준다. 시인은 포엽들이 감싸고 있는 흰 꽃을 "흰 별"이라 부르며 카메라 셔터를 누르는데, 이를 본 또 다른 그림자들이 둘이나 모여든다. 이들이 탈대상화한 꽃은 그제야 주체성을 다시 찾고 살아서 움직이며 "가슴 언저리가 아프다 아프다고" 말한다. 시인은 그것이 자라서 풍성해지는 모습을 "흘러간 시간과 날들이 쌓여 화산구를 만들"고 그것이 "쌓일수록 멍울"이 커져, "몇 척의 키가 오르고 몇 폭의 살집이 불어"

난다고 말하는데, 이는 탈대상화되고 고유의 '움직이는' 주체성을 풍성하게 회복한 식물의 모습을 잘 보여준다. 이윤 시인에게 시란 과학처럼 객체를 대상화하지 않고 이처럼 존재성을 회복하여 빛나게 하는 것이다.

> 태곳적 물결인가요 거센 파도가 사자바위를 때리면 바위는 태풍처럼 사납게 주위를 휩쓸어 버려요
>
> 여기 서서 앞을 바라보면 바다 건너 경계선이 흰 구름 속으로 사라져버려요. 구름과 바다는 한 이불을 덮은 듯 바다가 하늘 같고 하늘이 바다에 닿아 도저히 눈에 닿지 않아요
>
> 북섬 서해안 피하 피하여! 수평선이 사라지고 마는 여기는 피안의 언덕인가요. 아무 말도 할 수 없어요. 검은 모래 바다만이 쿵쿵거려요
>
> 울고 싶었지만 울 수가 없었어요. 거친 파도와 서핑하는 사람들에 휩싸여 울기가 시시해져버려요
>
> 멀리 와버렸어요. 집도 형제도 친구도 까마득히 밀려가네요. 살아야 하는데 어쨌든 살아 나가야 하는데 거친 파도는 숨소리조차 걷어 가버려요
>
> 너무 멀리 간 아득함 앞에서 꼼짝할 수가 없어요
>
> ──「피하 비치에서」 부분

여행지였을 피하라는 공간에 대한 시인이 태도도 마찬가지이다. 피하는 뉴질랜드 북섬 오클랜드에 위치한 해변의 이름이다. 시인에게 이 해변 공간은 대상화 자체가 불가능한, 주체의 주관성을 완전히 압도하는 존재로 그려진다. 주체의 고삐에서 완전히 풀려난 그것은 멈추어 있기는커녕 마치 거대한 동물처럼 바위를 때리고 주위를 휩쓸어버린다. 그것은 하늘과 바다의 경계도 지우고, "피안의 언덕"을 연상시킬 정도로 스펙트럼이 큰 움직임을 보여준다. 객체의 이 엄청난 움직임 앞에 주체는 "울고 싶었지만 울 수가 없었"을 정도로 위축되고 우는 것 자체가 "시시해져버"린 무념의 상태가 된다. 거대한, 살아 있는 객체 앞에서 주체는 "집도 형제도 친구도 까마득히" 잊을 정도로 무위의 상태가 된다. 주체가 도무지 "꼼짝할 수가 없"을 정도로 객체의 움직임이 극대화될 때 비로소 근대 문명 앞에서 은폐되었던 자연-존재가 완벽하게 탈은폐화된다. 시인은 이렇게 근대가 키워놓은 주관성을 최소화함으로써 객체의 움직임을 최대화하고, 자신의 주관성을 위축함으로써 객체의 존재성을 빛나게 한다.

이윤 시인은 먼 곳에서 시를 찾지 않는다. 시는 그녀의 가장 가까운 일상에서 그녀에게로 온다. 처음 시인에게 올 때, 일상의 사물들은 죽은 무덤처럼, 마른 미라처럼, 정동(affect)이 삭제된 상태로 온다. 그러나 시인의 눈길이 닿는 순간, 얼어붙은 사물 안에 은폐되어 있던 존재들이 살아 움직이기 시작한다. 겨우내 얼음 속에 유폐되었던 물고기가 봄이 와 얼음이 녹음과 동시에 서서히 움직이듯이, 시인의 언어 안에서 정지 상태의 객체들은 본래적 움직임을 회복하기 시작한다. 시인은 얼어붙은 신화를 살려내고, 은폐된 역사를 소환하며, 버려진 사물을 초대하고, 자청하여 객체에 압도당하면서, 본래적 존재의 궁극적인 빛을 살려낸다. 이 시집은 비본래적 관습이 지배하는 세계에서 시인이 구해낸 아름다운 존재들의 화성(和聲)으로 가득하다.

吳民錫 | 문학평론가·단국대 명예교수

푸른사상 시선

이 윤 시집

우수와 오수 사이